雲売りがきたよっ

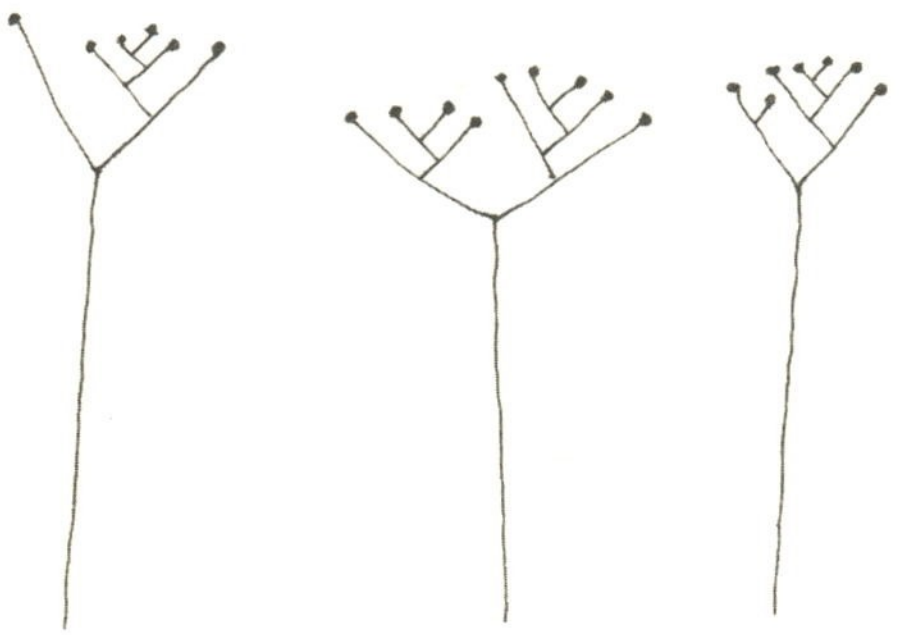
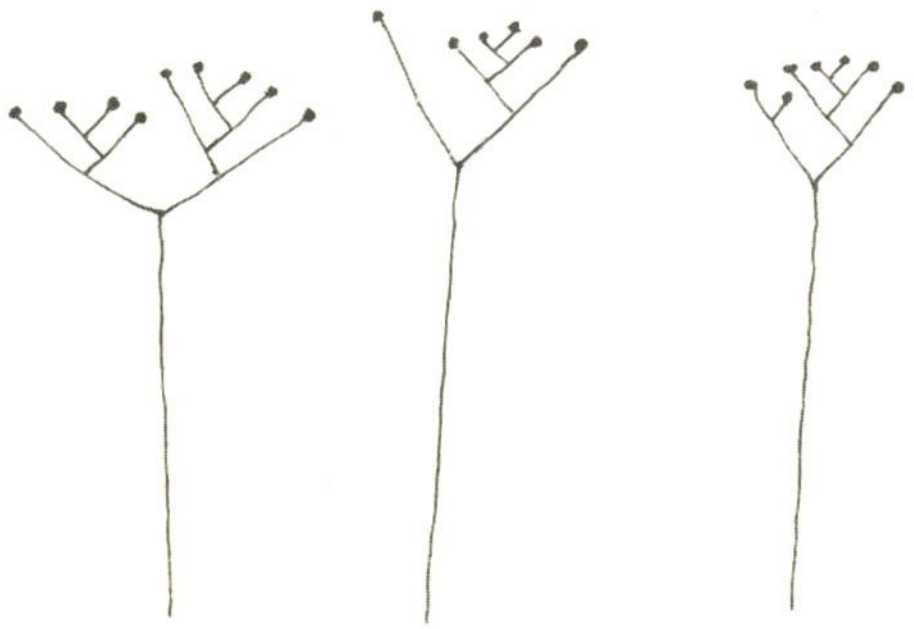

山崎るり子

思潮社

雲売りがきたよっ

山崎るり子

思潮社

目次

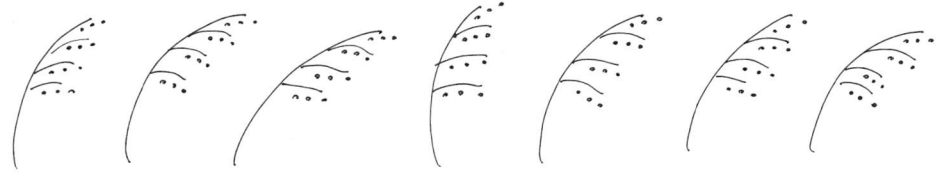

画＝著者　装幀＝思潮社装幀室

雲売りがきたよっ

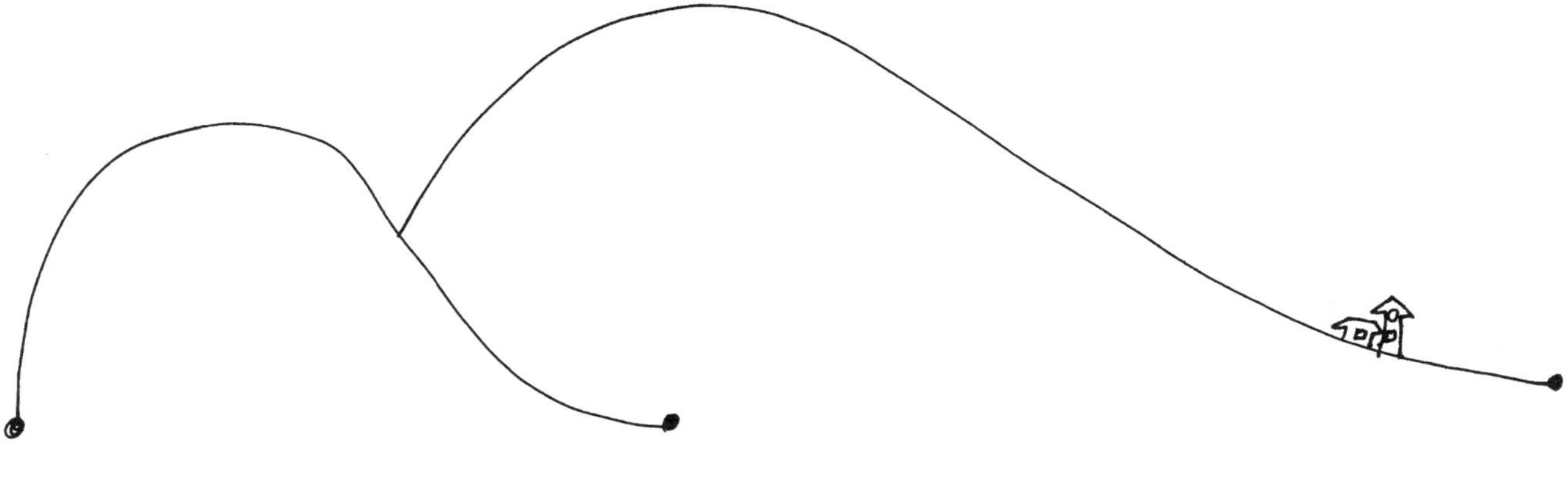

赤んぼうのよだれの小さな光

雲売りがきたよっ
雲売りがやっときた
くると思っていたんだ今日あたり
こんなにすかんと立派に晴れて
かなたこなたに浮く雲があればね
やあ雲売り　うれしいなあ
今日はどの雲がおすすめかな
あの雲なんか　と雲売りはいう
あと二十分ほどで消えてしまう

小さくてうすくて上等ですよ
ああ　あのはしっこのまあるいの
ええ　小さくてうすくてまあるいの
そうか　今日はあれを買おう
あの雲を僕のものにして
二十分ずっとながめていよう
ねむる前の赤んぼうのうす笑いの
ぬれたくちびるのはしっこの光のような雲だ
雲売り　あの雲はいくらかな
さんコロナピス　と雲売りはいう
久しぶりだから特別お安くしときます
うれしいな　さんコロナピス
さあ　いち　にい　さん
さんコロナピス

これであの雲は僕のものだ
僕の雲だ
ああ　いい雲だなあ

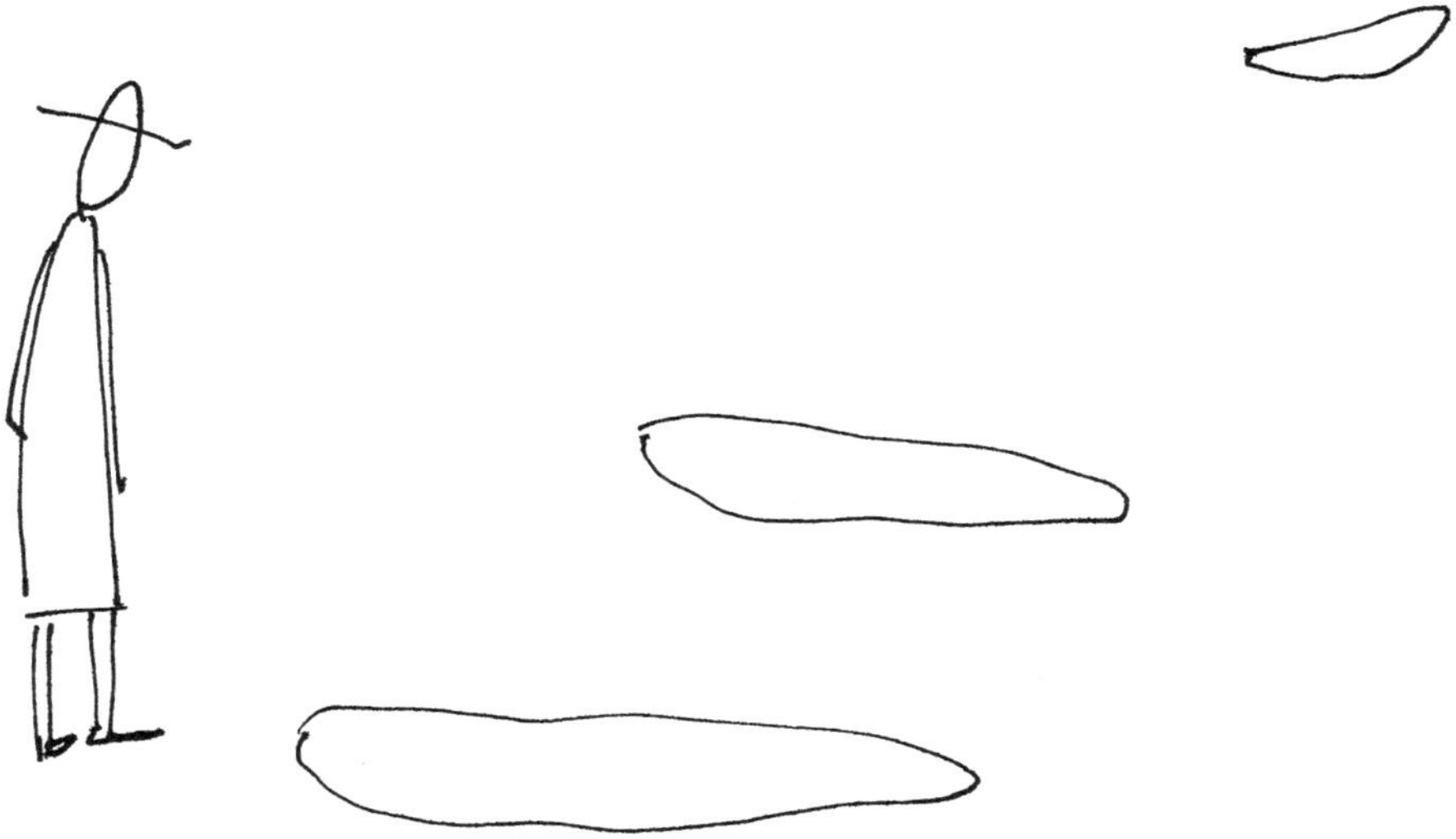

もう売れてしまったので

雲売りがきたよ
雲売りがくるから
雲が買える
何てうれしいことだろう
雲売り　あの雲はどうだろう
跳ねた魚の形をした
あの雲はもう売れてしまっただろうか
ああの雲は　と雲売りはいう
となりの町で売れてしまった

ろくコロナピスで売れてしまった
あっちの投網《とあみ》のような雲は
いかがでしょう
雲売りはいつも立派だ
よそで売った雲を
また売るようなことはしない
自分の雲がどこかでは
だれかのものだなんて悲しいものな
そうしよう　あっちの
空の深みでひらいていく
あの雲にしよう
とてもいい雲だ
ああ　いい雲だなあ

一番にきてくれた日

雲売りがきたよ
今日は一番にきてくれた
だから今日は空全体
どこから選んでもいいのだ
ああ雲売り
そうなると迷うね
どっかり大きなのもいいし
くずれかかっているのもいいし
つながっているのもゆかいだ

迷うね
あれも　あっちも　あちらのも
どの雲もいい雲だ
あの雲の上ではきっと
わっしょいわっしょい
胴上げをしているぞ
あっちのは水鳥が飛び立つときの
一本の水跡
あちらのは
クレヨンをはじめて握《にぎ》った子供の描いた丸だ
ぐちゃぐちゃでうれしそうで
ああ雲売り
どの雲もいい雲だ
ああ　いい雲だなあ

小さな空で目をならしてから

雲売りがきた
雲売りがやってきた
やあ雲売り
ちょっと悲しいことがあって
考えていたら首がかたくなってしまった
きちんとあごが上がらないんだ
だから雲売り
今日は低いところの雲をたのむよ
きのうは雨が　と雲売りはいう

一日中ひどかった
おかげで今日はぴかぴかです
お日さんがあらゆるものの先で跳ねるので
あごを上げればまぶしいばかり
そこでこの雲なんかはどうでしょう
目がちかちかしてきたら
葉っぱをいっぱい浮かせたらいい
ああ雲売り
この雲にしよう
ありがとう雲売り
水たまりに浸してある
この雲にしよう
ああ　いい雲だなあ

待つ時間

雲売りはまだこない
今日は雲売りはまだこない
雲売りを待っている時間も好きだ
空には姿を変えながら
移動していく雲時計
ほら時間が通る
ほら広がった
ほら輝いた
ほら惜《お》し気もなく形を変えていく

時間は勇敢《ゆうかん》だ
ひるまず行く
ずんずん行く
高らかに行く
ほら惜し気もなく消えていく
雲売りがきたら
僕に似合った時間を買おう
どれがいいかなあ
雲売りはまだこない
ああ　いい時間だなあ

所有はややこしい

雲売りがきたよ
雲売りがやってきた
今日はうかない顔をしているね雲売り
この商売は　と雲売りはいう
なかなかむずかしい
売ってもらったと喜ぶ人はいう
所有《しょゆう》はすてきだと
自分のものになったら
名前をつけることができる

だれかにあげることもできる
自分のものだと決まったときの
心がぱっとなる感じ
自分のものになった雲をながめるときの
心がぽっとなる感じ
ですがね
所有はややこしい　所有はめんどうだ
という人がいる
所有はわる口《くち》のもとだ　所有はいさかいのもとだ
という人もいる
そういう人はまちがった所有をしているのに
なんだかとても立派にいうのだ
雲売り　そんなふうに
下を向かないで

いつものように空を見上げて
いい雲を売っておくれよ
今日はあの雲だ
ベランダに落ちている
くつ下の片方のような
あの雲にしよう
さあ雲売り　売っておくれ
あの雲を僕の雲にして
いっしょにながめよう
ねえ雲売り
ほらいい雲だ
ああ　いい雲だねえ

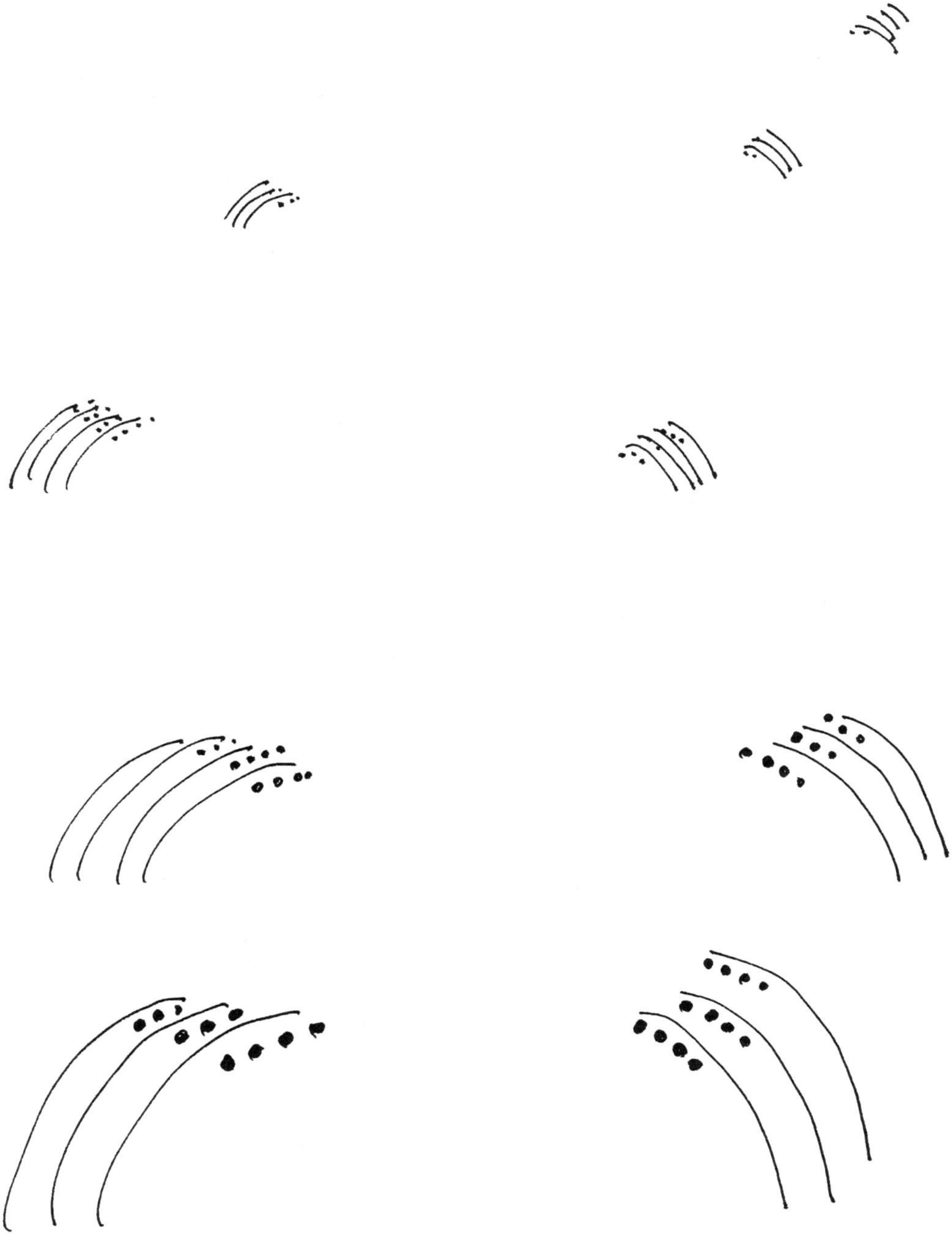

四分で消えてしまう雲

雲売りがきたよ
雲売りが今日もきた
雲売り　どの雲もいいねえ
今日はどの雲がおすすめかな
小ぶりのあの雲なんか　と雲売りはいう
風の具合があそこだけややこしいのです
はじからほどけて　四分で消えてしまう
ゆっくり目を閉じてゆっくり開けるたびに
空が広くなっていく

はちコロナピスではどうでしょう
高いとお思いでしょうが
雲が消えたあとの空が深い
ほらあと三分ですよ
そうか雲売り
あの雲にしよう
さあはちコロナピス
それでは　と雲売りはいう
あんまりきつく見つめて
空に落ちなさるなよ
気をつけるよ雲売り
ありがとう
ああ　消えていく　消えていく
ああ　いい青だなあ

いつもとちがう雲売りがくる

雲売りがきたよ
いつもとちがう雲売りがきたよ
いつもの雲売りは　といつもとちがう雲売りはいう
今日はこれませんので私がきました
今日は特別にしておきますよ
えーい　どの雲もよんコロナピスだ
いつもとちがう雲売り、君は
どの雲がすてきかわからないね
へん、雲は雲

といつもとちがう雲売りはいう
雲はどの雲だってすてきなんだ
高い安いなんてつけちゃいけないんだ
あそこのいくつかだってじっぱひとからげでいい
一杯ののみものくらいのねだんでね
ちがうんだ雲売り
僕にとっての、なんだ
僕があの雲　といっても
なんだあんな雲か　という人もいる
そこのところなんだ
たしかに雲はどの雲も
勇敢で立派ですばらしい
でもちがうんだ
私には　といつもとちがう雲売りはいう

どの雲も似たり寄ったりだ
へん、ではさようなら
さよなら　いつもとちがう雲売り
どの雲もいい雲だよ
でもやっぱりちがうんだ
さみしいなあ

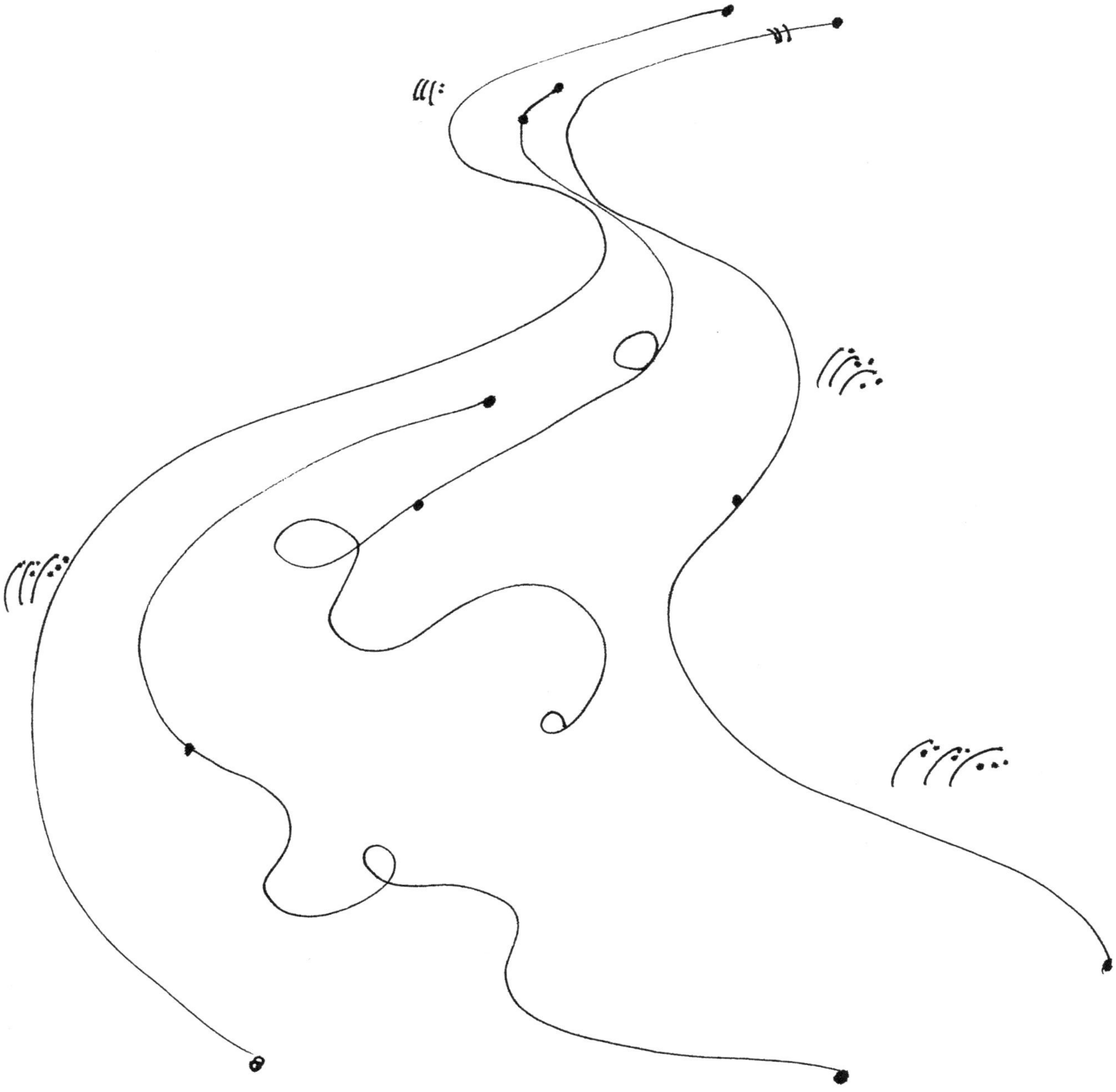

夕焼けの前までにだれかを

雲売りがきたよ
いつもの雲売りがきたよ
ああよかった　いつもの雲売りがきたよ
やあ雲売り
今日はどの雲がおすすめかな
あれなんか　と雲売りがいう
へりのところのうすねず色に
もうすぐうっすら紅《べに》がさします
もうすぐです

いいね雲売り　あれにしよう
ポーズをとった踊り子の
うす衣《ごろも》だけがまだ揺れているね
夕焼けまでに　と雲売りがいう
だれかをさそうといい
一人で見るにはさみしい雲です
わかった雲売り　そうするよ
夕焼けの前までに
だれかをさそおう
いっしょに雲をながめませんかと
声をかけよう
ああ　いい雲だなあ

雲売りがくる前のひとりごと

風は川だな
雲は水しぶき
僕は川底の一粒の石
いつも川面を見上げている
ああいいしぶきだなあ
次々と次々としぶきが生まれて
いろんな形で消えていく
形が変わるというのは
すぎていくということなんだな

すぎていくものの下で
少しの間じっとしていよう
僕だけ
すぎていかないでいよう
ああ　いいしぶきだなあ

雲売りを待つ音

雲売りはこない
雲売りはまだこないけれど
いつきてもいいように用意してある
胸のポケットにさんコロナピス
右のポケットにさんコロナピス
左のポケットにもさんコロナピス
ピョンピョン跳ねれば
上着も跳ねる
さんさんコロコロ

さんさんピスピス
雲も跳ねる
白い月も跳ねる
さんさんピスピス
さんさんコロコロ
空が近づく
空が逃げる
さんさんピスピス
ピスピスコロコロ
ほら雲売りがやってくる
雲売りが跳ねながら
だんだん近くにやってくる
雲売りがくるよ
ほら　雲売りがきたよ

雨の日の雲売り

雲売りがきたよ
雲売り　きのうは一日中雨だった
雨の日はどんなふうにしてすごしているの？
雨の日は　と雲売りはいう
雲のことを考えてすごしています
水を入れた鍋《なべ》を火にかけて
ながめています
火と鍋と湯と湯気が
めらめら　ぐつぐつ

ゆらゆら　くらくら
するので
東の空をめざしていく雲のこと
山の上をめざしていく雲のこと
地面をめざしてくる雲のこと
いろいろ思いを巡《めぐ》らせるのです
僕も　と僕はいう
湯気を見ているのは好きだよ
私は　と雲売りはいう
湯気でメガネがくもるのも好きです
メガネがくもると雲の中にいるようです
雨の日は一日中　雲の中にいられるのです
そういって雲売りはうっとりする
ああ　いい雲だったなあ

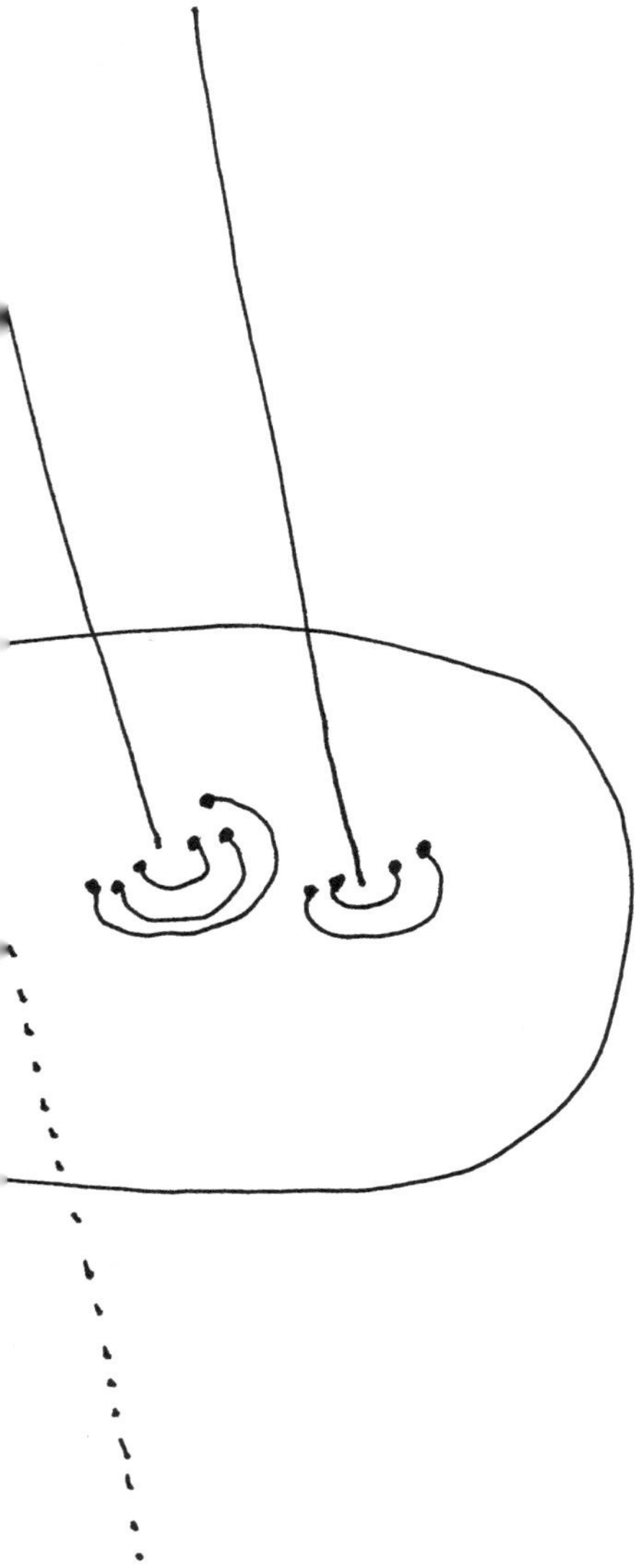

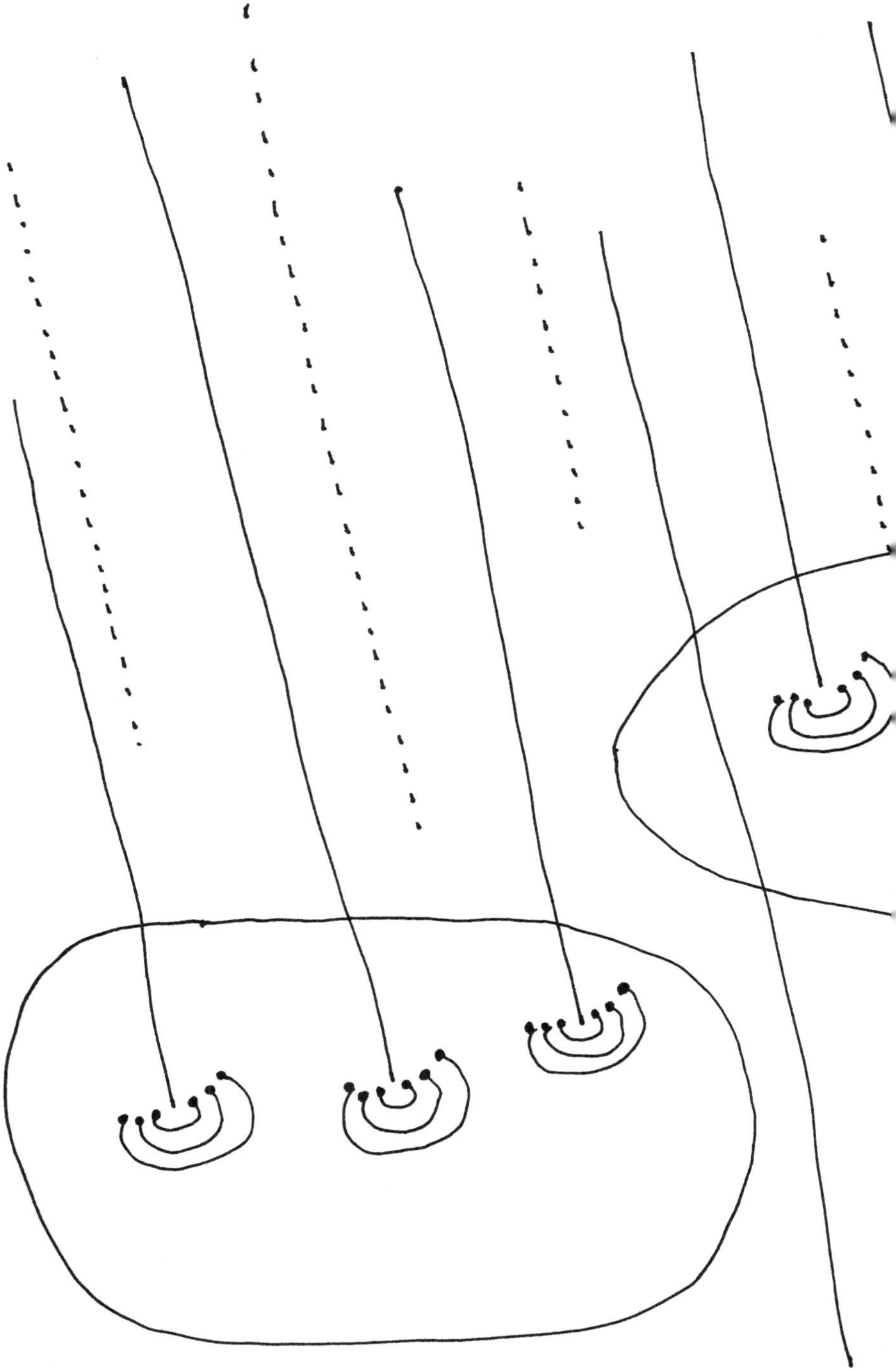

はっきりわかること

雲売り　雲売り
たのみがあるんだ
かなたこなたにいい雲があるのに
いつものここに僕がきていなかったら
それは僕が病気になっているんだ
雲売り　ここにはちコロナピスある
わたしておくよ
そのときはこれで足りる雲を
さがしてほしい

僕が寝込んでいるときも
自分の雲が空に浮かんでいるなんて
何て安心なことだろう
見ることができない雲のことを
ずっと考えていられる
体は重く汗ばんでいても
僕の雲はせいせいとした青い空を
どこまでも行くんだ
雲売りは僕の好みを
すっかりわかっているからね
ああ　いい雲だろうなあ
ふとんの中で僕がどんなに安心しているか
今　もうはっきりとわかるよ

目をつぶって見る雲

雲売りがきたよ
雲売りがきて話してくれた
目の見えない人に
雲を売った話
その日は　と雲売りはいう
雲は風の行く方に流れていて
顔を空に向けるとおでこがあたたかかった
時々　草と水たまりと干しなつめのにおいがした
目の見えない人は空を見上げ

その横で私は説明したのです
空は雲でいっぱいです
あっちの雲は
ゆすゆすゆすゆす
こっちの雲は
ほーさあ
ほおさあ
むこうの雲は
ゆおうゆ　おいやあ
そっちの雲は
はあなはあなはあな
はあなはあなはあなの雲にしよう
と目の見えない人はいいました
それはほんとうにいい雲でした

はあなはあなはあなの雲
と僕もいって目をつぶる
ほんとうだ　雲売り
いい雲だ
ああ　いい雲だねえ

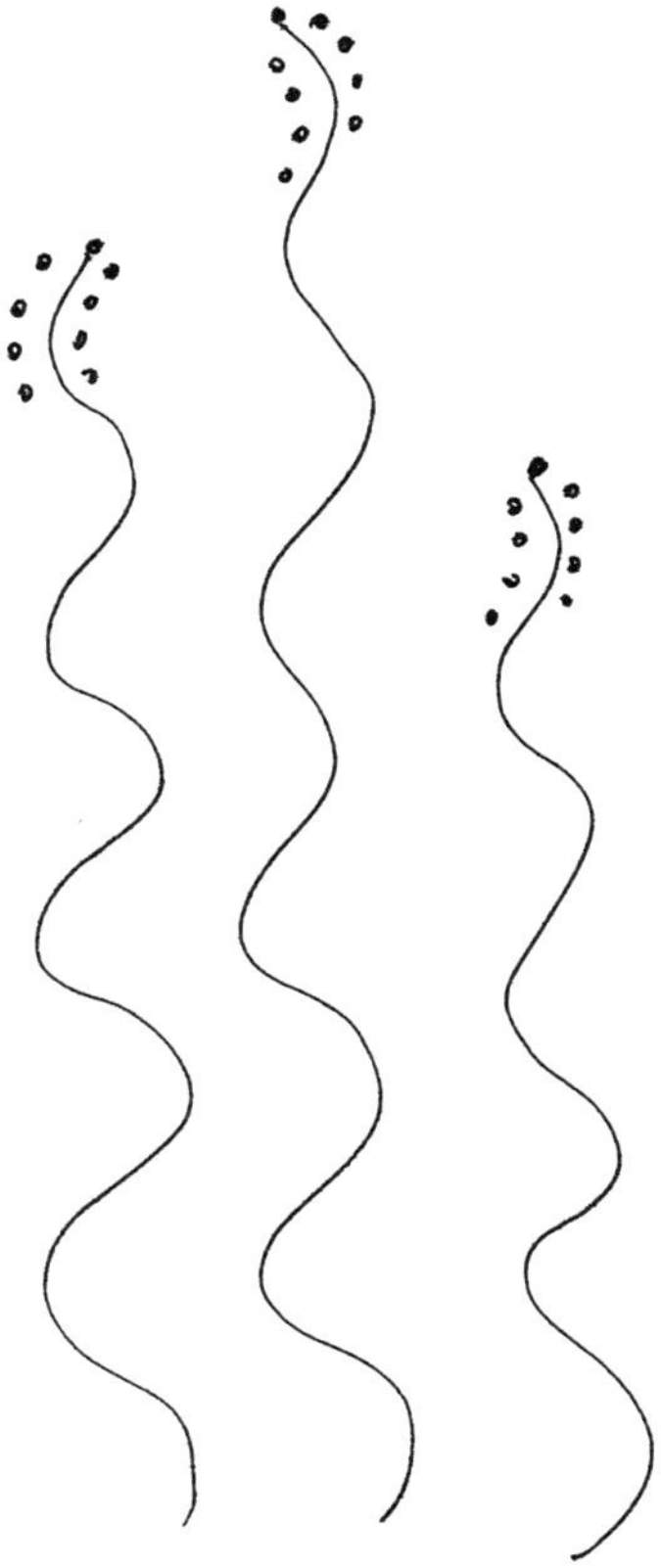

きっと明日は

雲売りがこない
雲売りがずっとこない
うす曇りとほん曇りと雨が
くり返しで続いて
きのうはほん曇り
今日は一日中雨だろう
だから僕はこのところ
てもちぶさたにすごしている
カエルが鳴いている

カエルはいいなあ
ずっと雲を見ていられる場所に
目がついている
僕は明日を待っている
毎日明日を待っている
明日はきっと
光の棒が鉛の底板を打ちくだく
青色がざあと噴《ふ》き出してくる
空の隅《すみ》の隅まで
そしてながめがいのある白い雲を
そこらここらに散らばらせるだろう
ばくはつ雲　とびはね雲　かくれ雲
おどり雲　にじみ雲　だんだら雲
わらい雲　ささやき雲　さかさま雲

しおふき雲に　ふかしたて雲
雲売りはやってくるだろう
さあじゅうぶんにお楽しみください　といって
いい雲を売ってくれるだろう
明日はきっと

どこかのだれかと

雲売りがきたよ
雲売りがやってきた
実は　と雲売りがいう
あの雲を買った人が
さんコロナピスしかないというのです
どこかのだれかが残りを出してくれて
いっしょにながめてくれたらというのです
どうでしょうあの雲
残りさんコロナピス

あああの雲　と僕は見上げる
どの峰《みね》も輝いていて
開ききった大きなバラの花みたいだ
ゆっくりと散っていくのを見たいよ
さあ　さんコロナピス
うれしいなあ
どこかのだれかと僕が気に入った雲
いっしょに所有した雲
どこかのだれかも
どこかでだれかがながめているかなあ
と思ってながめている雲
話しかけたくなる雲
いい雲だねえ
おーい　いい雲だねえ

まだ僕のものじゃない雲に

雲売りはこない
雲売りはまだこない
雲売りがこないので
まだ僕のものじゃない雲を
ながめている
水色の空
白い雲
空色の空

白い雲
上の方の青い青い空
白い雲
全部の雲に
生まれたね　はじめまして
とあいさつする
つのぶえ
みみずばれ
オブラート
しもばしら
かごにもられたくだもの
くずれていくさかなのほね
どの雲も浮かんでいることを
おもしろがっている

ああいい雲だなあ
雲売り　早くこないかなあ

雲見の塔のはなし

雲売りがきたよ
雲売りがやってきて話してくれた
雲見の塔のはなし
雲見の塔は　と雲売りはいう
ミズナラの木より少し高いくらいで
一番上では寝っころがって
雲を見ることができるのです
寝っころがると
空がぐーんと下りてきて
いやいや

ぐーんと空に引っぱり上げられて
上っているのか　沈んでいくのか
わからなくなる
お尻のあたりがもぞもぞしますよ
ああ　と僕はいう
雲見の塔から見る雲は
またかくべつだろうねえ
ええかくべつです　そしてキケンだ
いつまでも寝そべっていたくなる
次の人に交代《こうたい》ですよといわれて
塔の床《ゆか》から体をはがすと
自分が平べったく軽くなっている
だから塔を下りるときには
一段ごとに重みを手に入れなくてはいけない

そして最後の段は
最後の段は？　と僕は力が入る
最後の段は両足をそろえて
ああいい雲だった、といって
ポンと下りる
だった、といわないと
いつまでもたましいが宙に浮いていて
ヘナヘナの体になってしまうのです
そのときは　と僕はいう
気をつけるよ雲売り
いつか登ってみたいなあ
両足でポン、だね
いい雲だった
ああ　いい雲だった、だね

紙いっぱいの空

雲売りがきたよ
雲売りがやってきた
きのうは一日中雨でした　と雲売りはいう
何をしてすごしていましたか？
ああきのうは　と僕は思い出す
絵を描いてすごしていたよ
雲の絵を何枚もね
小さな雲を糸で結んで
糸の先をゆりかごの端にゆわえた絵

糸の先を金魚鉢の金魚にゆわえた絵
糸の先を女の子のおさげにゆわえた絵
たくさんの雲を一つ一つ糸で結んで
その糸の束を湖に映った月にゆわえた絵
それから太いエントツのある
どの部屋も　雲だらけの
雲《くも》製《せい》造《ぞう》装《そう》置《ち》のある家も描いてみたよ
どんどん調子が出てきて
青い紙を床に広げて
いろいろな雲を描いた
ひとひら　ふたひら　と数える雲
ひとすじ　ふたすじ　と数える雲
ひともり　ふたもり　と数える雲
ひとはな　ふたはな　と数える雲

大きな紙いっぱいに描いたんだ
ああ　と雲売りはいう
今日の空とおんなじだ

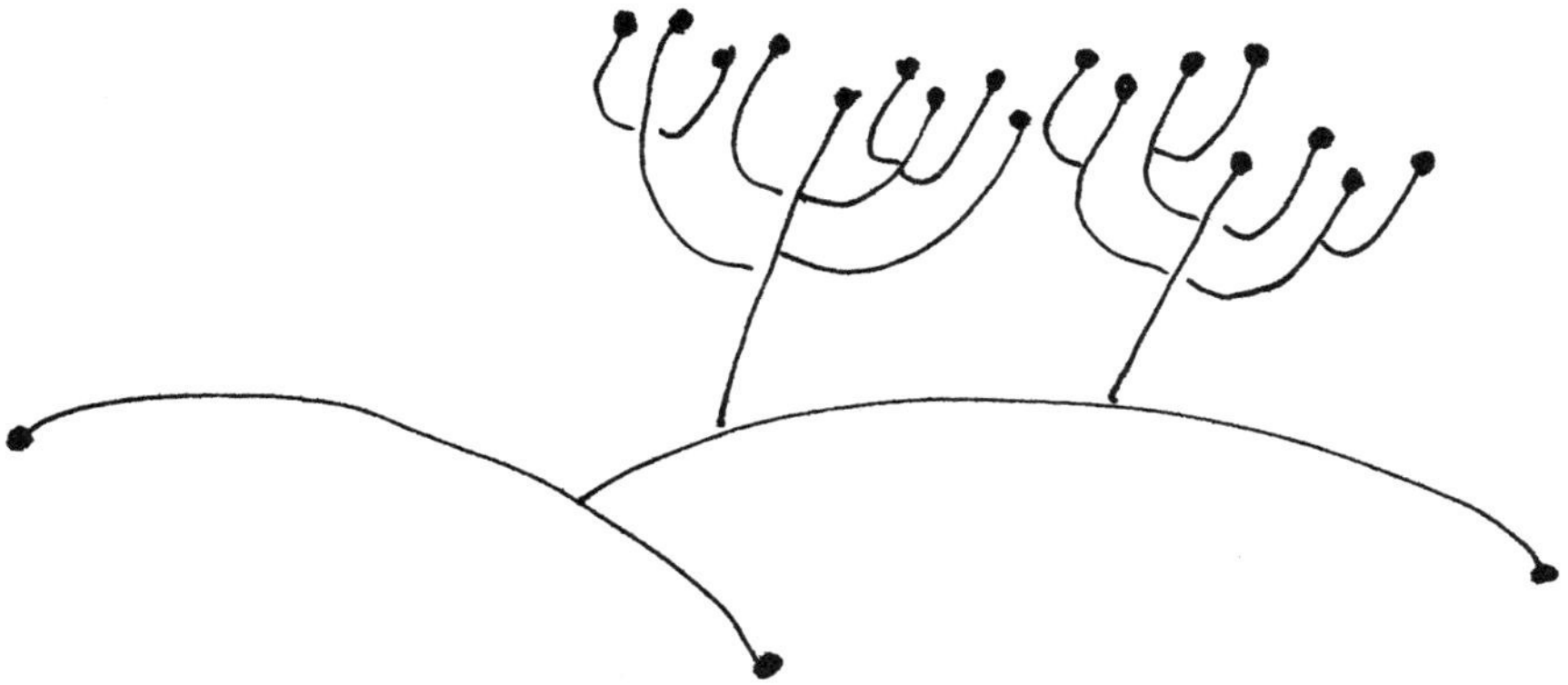

雲売りのたのみ

雲売りがきたよ
雲売りがやってきた
雲売り　どうかしたのかい
何だかうかない顔をしている
実は　と雲売りがいう
お願いがあるのです
もし私がこれなくなったら
雲売りになってくれませんか
晴れていい雲があるのに

私があらわれなかったら
そういう日が十回あったら
十一回目の雲びよりの日は
あなたが雲売りになって
町を回ってほしい
雲はずんずん湧《わ》く
雲はずんずん行く
その中でもうどうしても
買わなければという雲に出会う
そんな雲に出会ったのに
だれも売りにきてくれないなんて
もったいないことです
私があらわれなくなったら
あなたが雲売りになってください

わかったよ　雲売り
雲びよりなのに十回雲売りがこなかったら
僕が雲売りになろう
ああ　と雲売りはいう
何て安心なことだろう
雲はずんずん湧く
雲はずんずん行く
それはどこまで考えても
終わりがないくらい続くだろう
そんな雲の下で
私は次の人を見つけた
何て安心なことだろう

それからしばらくして雲売りがこなくなった

雲売りがこない
雲売りはまだこない
こんなに雲びよりなのに
まだこない
きたらまん中の
あの小さな雲を買おう
よんコロナピス　と雲売りはいうだろう
散歩途中の人が次々と足を止めるだろう
いい雲を買いなすった　という人もいるだろう

後ろの雲に食べられてしまいそうだぞ　いいのか　という人もいる
　だろう
よんコロナピスは少し高くはないか　という人もいるだろう
あの雲を選ぶなんて　何か悲しいことがあったんだね　という人も
　いるだろう
どの人の言葉もうれしいだろうな
いっしょに雲をながめてくれたのだから
雲売り　早くこないかなあ

空が広すぎて僕はどんどん小さくなってしまう

西を見れば
広い広い西の空だ
東を見れば
広い広い東の空だ
上を見れば
高い高い青い空だ
空はどこまで空だろう
広いなあ
地球は丸いから

地球に住む全部の人が
まっすぐ上を見上げたら
みんな少しずつちがった空を
見ることになるんだろうな
広いなあ
ライオンに倒されて見る
シマウマの空はどんなだろう
網に引き上げられて見る
深海《しんかい》の魚の空はどんなだろう
そこにひとひらの雲が浮かんでいますように
ああ雲があんなに遠くに行ってしまった
雲売り　早くこないかなあ

雲売りがこなくなってから三回目の雲びより

雲売りがこない
今日もこない
こんなにいい色の雲があるのに
雲売りがきたら聞いてみたい
あの三つの色
右のはマシュマロを包んでいる粉みたいだ
まん中のは冬の日なたの枯草色
左のはブリキのジョウロの光ぐあい
右の雲を買う人はどんな人だろう

右の雲を買う人は　と雲売りはいうだろうな
やわらかな白い色に包まれたいと思う人でしょう
左の雲を買う人はどんな人だろう
左の雲を買う人は　と雲売りはいうだろうな
庭の隅の忘れられたブリキ色が
今の気持ちにぴったりだと思う人でしょう
雲売り　今日の僕は
冬の日なたの枯草色が一番いい
まん中のあの雲にしよう
それはいい　と雲売りはいってくれるだろう
とてもいい雲です　何かを思い出せそうな　と
雲売り早くこないかなあ
ああ　なつかしい色だなあ

毎日新しい雲が湧いてくるのに

雲売り
君はもうこないのかい
君がこないと
一体ぜんたい何を見て
くらせばいいのか
空は広すぎる
雲売りが　どうでしょうあの雲
といったら　あの雲は僕のものになる
もっと好きになる

僕の雲

だれにもじゃまされずに
ながめていられる
毎日こんなに次々と
新しい雲が湧いているのに
雲売りがこない
もったいないよ雲売り
あの雲　空のまん中でひとり
テノールで歌っているような雲だ
雲売り　売ってほしいよ
ああ　いい雲だなあ

雲売りのことを考える日々

雲売りはこない
今日も雲売りはこない
雲売りがこない空の下は
みんななんだかよそよそしい
忙しいふりをして早足《はやあし》でいく
僕もこのごろ忙しいふりをしているので
雲のことを忘れてしまいそうだ
雲、雲、
雲花《くもばな》

雲玉《くもだま》

雲絹《くもぎぬ》

雲床《くもどこ》

雲柱《くもばしら》

雲酔《くもよ》い

雲追《くもお》い

雲患《くもわずら》い

雲流《くもなが》れ

雲隠《くもがく》れ

雲崩《くもくず》れ

雲入《くもい》り

雲切《くもぎ》り

雲渡《くもわた》り

雲売《くもう》り

ああ雲売り
早くこないかなあ

雲売りがこなくなって六回目の雲びより

雲売りはこない
今日も雲売りはこない
こんなにすかんと立派に晴れて
かなたこなたに浮く雲があるのに
雲売り
今どうしているの
雲売りのことだ
きっと空をながめている
古いビルのてっぺんで

谷間の木々の間から
暗い部屋の窓ごしに
浅いねむりの夢の中で
雲売り　僕がほしいのは
あの雲だよ
あの高みをゆうゆうと行く
旗のような
そこから見えるだろう?
雲売り　いくらだい?
おーい　雲売り
いい雲だろう?

雲売りがこなくなって七回目の雲びより

せとものの
ような青い空に
白い皿をぶっつけたみたいだ
砕け散るカケラ

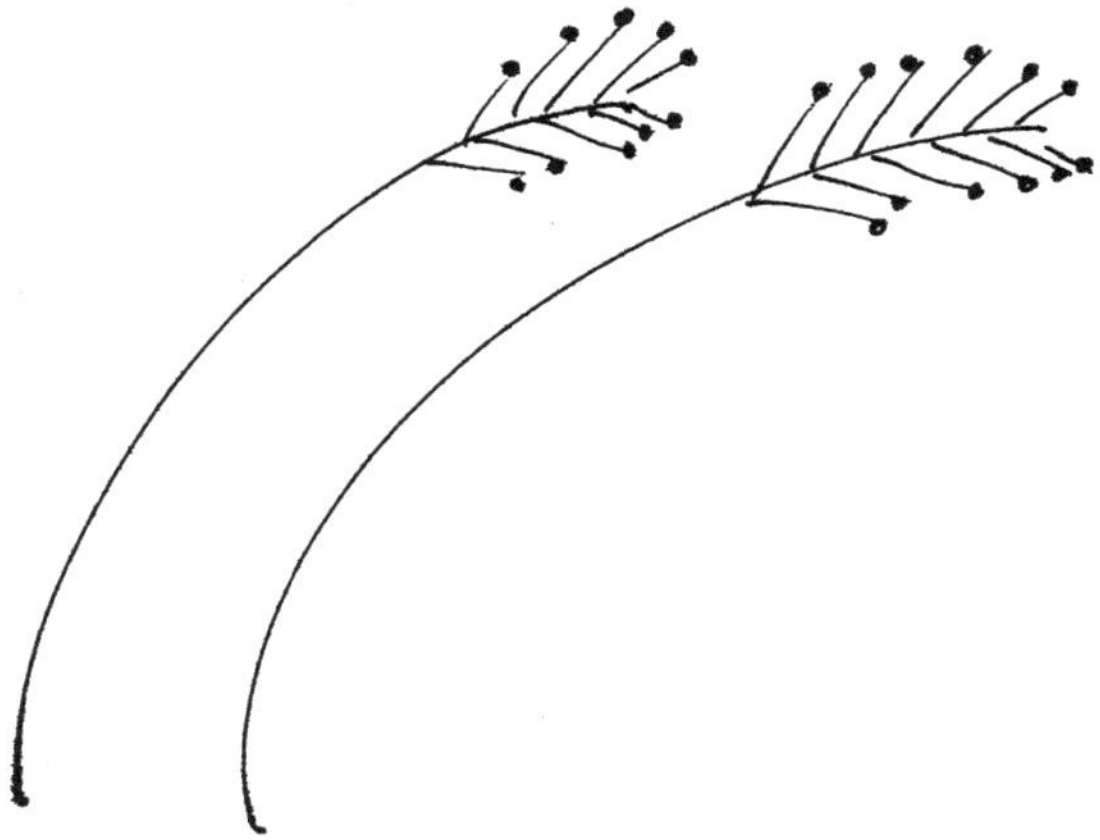

雲売りがこなくなって八回目の雲びより

あの雲はチョークで引いたんだな
あそこでチョークが折れちゃったんだ

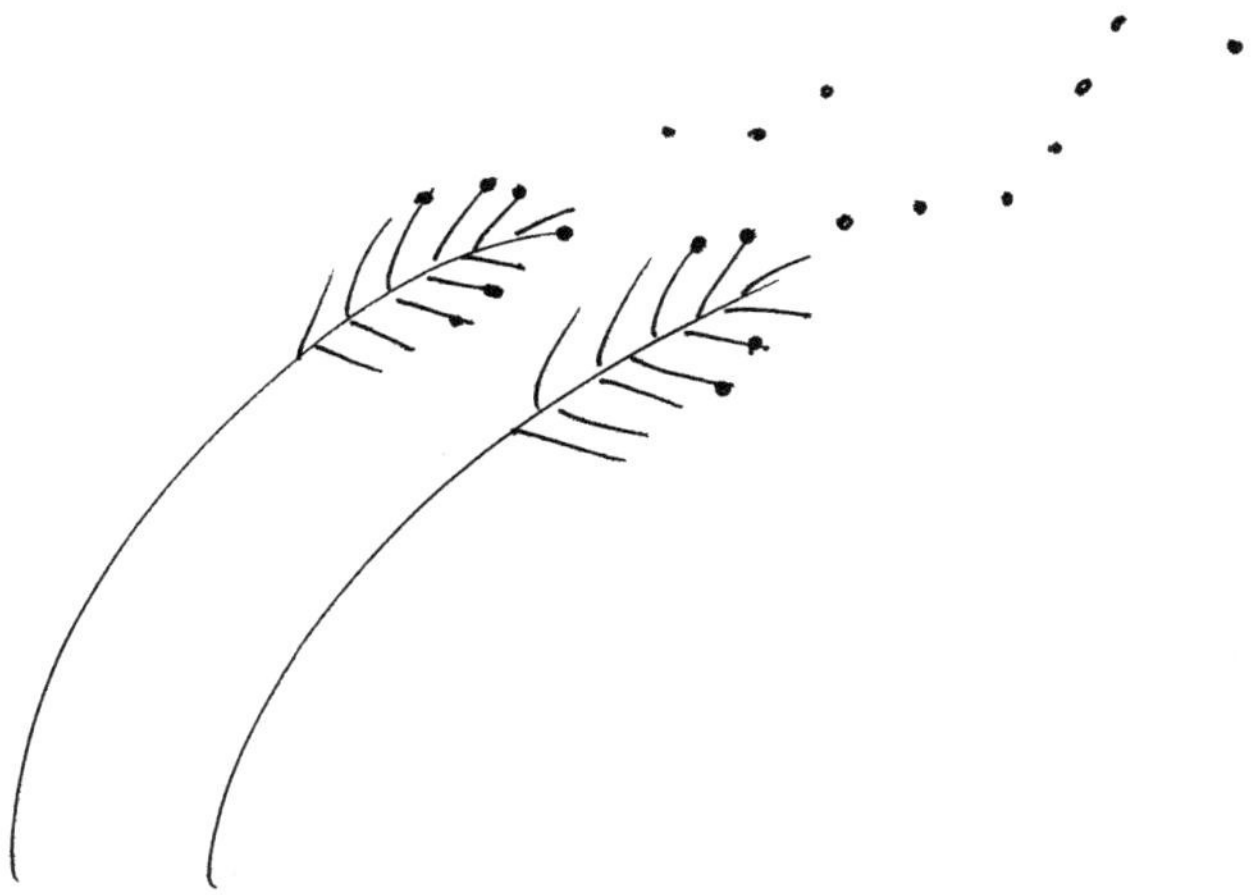

雲売りがこなくなって九回目の雲びより

さようならも言わないで雲売りは
のれんのように雲をくぐって
ひとりで行ってしまったのだろうか

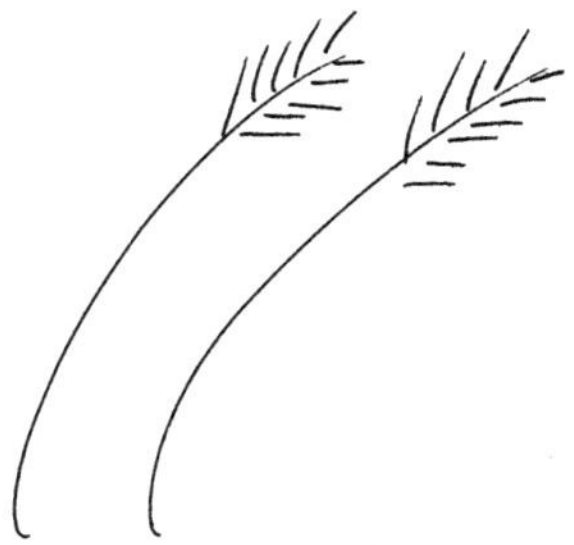

雲売りがこなくなって十回目の雲びより

雲ひとつに　悲しいことひとつ
乗せていく
今日はいくつも乗せられる

今日の雲の数え方
いっそう　にそう　さんそう　よんそう

いっぱい浮かんでいる雲を
順順に送り出す

それから　あとは雲にまかせて帰ろう
また新しい雲がやってくる
もうすぐ僕は雲売りになる

朝がた　僕が見た夢

雲売りがきたよっ
雲売りがきた　雲売りがきた
雲売りがやっときたよっ
久しぶりだなあ雲売り
心配していたんだ雲売り
雲を売るのは君でなくっちゃあ
待っているのは僕でなくっちゃあ
ああ雲売り
きてくれてうれしいよ

さあ雲売り
売っておくれよ
今日は空いっぱいの雲だ
今日の僕と雲
雲と僕の今日
はじめて会う雲、　もう会えない雲に
立ち会っているんだ
何て光栄なことだろう
そしてとなりには雲売りがいる
いっしょに空を見上げている
雲売り　いい雲だねえ
といえばうなずいてくれる
うれしいよ雲売り
今日はどの雲がおすすめかな

どの雲もいい雲だ
ああいい雲だ
いい雲だなあ

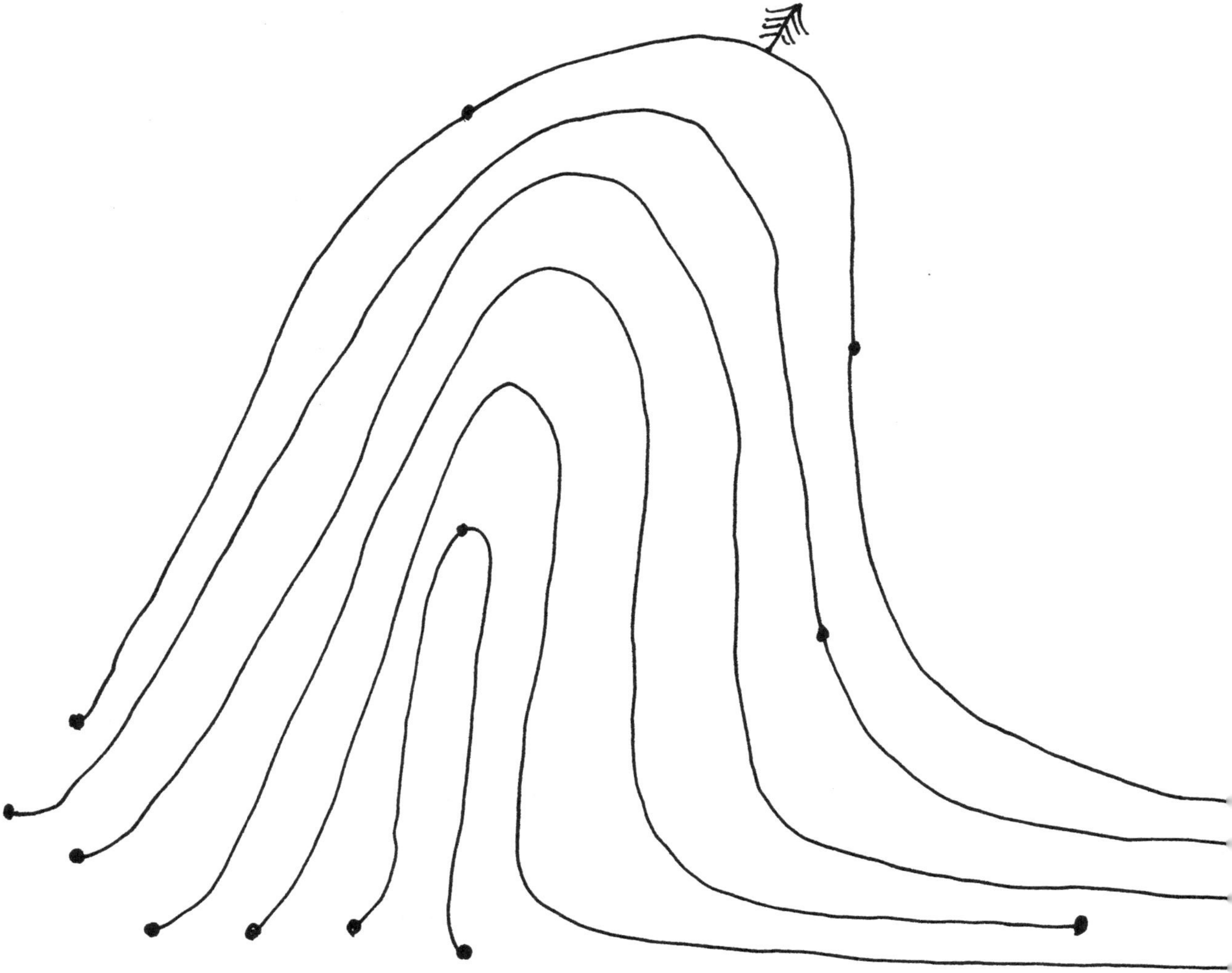

出発

枝にひっかかった小さな雲はいかが
みんな東へ流れていったけれど
枯枝《かれえだ》があんまり寒そうなので
そのままそこにいる真綿雲だよ

水たまりに閉じ込められた雲はいかが
水たまりの籠《かご》の中で
風がくるたびふるえながら
空を夢みている小鳥雲だよ

だれが雲をちぎっているのか
だれが雲を広げているのか
麦畑の上を雲の影が行くよ
だれが雲を流しているのか
だれが雲を消しているのか

さあ僕は行こう
僕を待っていてくれる人のところへ

ちぎれ雲
ちりぢり雲
とうめい雲

青空

雲《くも》売《う》りがきたよっ

著者
山崎《やまざき》るり子《こ》

発行者
小田久郎

発行所
株式会社思潮社
〒一六二―〇八四二　東京都新宿区市谷砂土原町三―十五
電話〇三（三二六七）八一五三（営業）・八一四一（編集）
FAX〇三（三二六七）八一四二

印刷
三報社印刷株式会社

製本
誠製本株式会社

発行日
二〇一二年十月三十一日